Balthazar !

Pour Christine et Roger Belton

ISBN 978-2-211-07882-5
Première édition dans la collection *lutin poche* : janvier 2005

Loi numéro 49 956 du 16 juillet 1949 sur les publications
destinées à la jeunesse : septembre 2001
Dépôt légal : avril 2007
Imprimé en France par Mame à Tours

Geoffroy de Pennart

Balthazar !

kaléidoscope
lutin poche de l'école des loisirs
11, rue de Sèvres, Paris 6[e]

Je m’appelle Balthazar.
Aujourd’hui, Maman m’emmène au marché
sur sa motocyclette.
C’est très amusant, ça secoue beaucoup.

Tout à coup, je suis projeté dans les airs.

C’est chouette, mais quand même, je suis un peu inquiet pour l’atterrissage.

Pas de bobo, je suis rattrapé par un monsieur très adroit.

Il me met sur son dos et il s'élance très très vite.
Ça secoue encore plus que la moto de maman.
C'est super !

Au bout d'un moment, le monsieur s'arrête.
Il est très gentil. Il me demande mon nom
et il dit que Balthazar c'est très joli. Lui s'appelle Igor.
Il dit aussi que je suis un joli petit biquet,
et il a les yeux qui brillent en disant ça.

Et puis un autre monsieur arrive.
Il me regarde, et lui aussi a les yeux qui brillent.

L'autre monsieur dit : « Bonjour Igor »,
et Igor répond : « Salut Boris. »

Ils sont sûrement très copains parce qu'ils se regardent dans les yeux et ils se font de grands sourires.

D’un seul coup je suis de nouveau dans les airs.
C’est un troisième monsieur qui vient de m’attraper.

Ça doit être un autre copain d'Igor et de Boris
parce que tous les trois…

… ils organisent un grand jeu.
Je vole dans les airs, et ils me rattrapent à tour de rôle.

C'est super-chouette !

Mais soudain, j'atterris dans les bras d'un très gros monsieur.

Et là, c'est plus drôle du tout !
Il pousse un énorme cri et il fait peur à Igor, Boris
et leur copain…

… qui s’enfuient. Moi aussi j’ai très peur.
Le gros monsieur est très méchant, il tend le poing vers l’endroit où mes amis sont partis. J’en profite pour filer.

Maintenant je suis tout seul dans la forêt,

j'ai peur et je veux Maman.

Heureusement, j'aperçois Igor.
Il est tout seul, assis sur un rocher, et il est triste.

Dès qu'il me voit, ses yeux se remettent à briller.
Il a l'air très content. Je lui dis que je veux ma maman, alors il me fait monter sur son dos et il dit : « D'accord, on y va. »
Il est vraiment chouette, Igor.

Oh ! Surprise ! C’est Maman !
« Bravo Igor, on l’a retrouvée ! »
Je suis drôlement content de la voir,
et aussi qu’elle veuille bien jouer à ce jeu.

Et oh… Papa ! Alors là, je suis encore plus étonné.
Mon papa, il ne joue pas souvent avec moi
et jamais à des jeux comme ça.

Et voici Boris et le troisième copain qui arrivent
pour jouer aussi.

On va s'amuser comme des fous.
C'est trop génial !

Mais catastrophe ! revoilà le gros monsieur méchant.

Il recommence à crier et il fait encore très peur à Igor
et à ses copains qui s'enfuient une nouvelle fois.

Mon papa et ma maman, ils n'ont pas peur
du méchant monsieur. Mon papa, il lui serre la main,
et ma maman, elle lui fait même un bisou.
Et ils lui disent merci. Et d'un seul coup
le monsieur devient gentil.

Mais moi, je suis triste parce que le jeu est fini.
Je dis au monsieur que maintenant, s'il est gentil, on peut rappeler mes nouveaux copains et recommencer à jouer.
Ils me regardent tous les trois avec des yeux tout ronds, et mon papa dit qu'il doit m'expliquer des trucs.

Alors, du coup, je ne suis plus triste du tout.
J'adore ça quand mon papa me parle comme à un grand.